멈춰버린 세월

멈춰버린 세월

초판 1쇄 인쇄   2014년 12월 1일
초판 1쇄 발행   2014년 12월 1일

지은이   주하아린, 드꼼마
펴낸곳   아마존의 나비
펴낸이   오성준

등   록   2014년 11월 19일 (제406-2014-000114호)
주   소   경기도 파주시 광인사길 121, 1층 (문발동)

전   화   031.949.2765
팩   스   031.949.2766
이메일   osjun@chaosbook.co.kr

ⓒ 좌린과 꼼마, 2014

아마존의 나비는 카오스북의 임프린트입니다.

사라진 사람들과
물 속에 아직 남은 아홉 사람,
그리고 여전히 안개 속에 살아가는 우리,
스스로를 위해

그날 태연한 나무들 위로 날아 오르는 것은 다 새가
아니었다 나는 보았다 잔디밭 잡초 뽑는 여인들이 자기
삶까지 솎아내는 것을, 집 허무는 사내들이 자기 하늘까지
무너뜨리는 것을 나는 보았다 새 占점 치는 노인과 便桶변통의
다정함을 그날 몇 건의 교통사고로 몇 사람이
죽었고 그날 市內시내 술집과 여관은 여전히 붐볐지만
아무도 그날의 신음 소리를 듣지 못했다
모두 병들었는데 아무도 아프지 않았다

— 이성복, 〈그날〉 부분

서해 진도 근해에서, 대한민국에서 가장 큰 유람선이 침몰해
많은 사람이 죽었다.
뉴스 화면을 통해 배가 가라앉는 모습을 지켜보았다.
그날 오전 8시 48분 시간은 멈췄다.
멈춰버린 세월은 병든 세월과 동의어다.
아무도 아프지 않은 세월은 모두가 아픈 세월과 같은 말이다.

누구나 볼 수 있는 세상은 한정되어 있다.

보지 못한 것들과 보지 않은 것들이 더 많을 것이다.

그럼에도, 배가 가라앉기 전의 일들과 그 이후의 일들이 전혀 다른 사건이 아니라 거대한 맥락 아래 촘촘히 이어져 있다는 생각을 했다.

세월호가 가라앉았어도 여전히 노후한 유람선들은 사람들을 태웠고, 며칠 반짝 안전단속을 하던 시외버스 입석 승차는 소리 없이 원래로 돌아갔다.

바뀐 것은 '이명박 구속, 박근혜 퇴진'을 외치던 집회 현장의 피켓에서 이명박의 이름이 사라지고 박근혜 이름 석 자만 남은 정도인가 하는 무력함에 가끔 어지러웠다.

박제 속의 기억이 될 일인지 모르겠으나, 휘발하는 마음의 일들을 그나마 기록으로 남겨두는 일이 필요하다는 생각을 했다.

모두들 신음하고 있으므로, 다들 제 신음 소리만 듣고 있게 되는지도 모르겠다.

이 작은 책자는 그런 안개 속의 신음에 대한 작은 기록이다.

2014년 11월 16일

좌린의 사진에 꼼마가 함께 썼다.

2부

가만히 있으라

2014년 4월 16일 - 2014년 6월 15일

3부
잊지 않는 법

2014년 6월 16일 – 2014년 11월 15일

1부

안녕들 하십니까

2013년 11월 16일 - 2014년 4월 15일

나는 바늘이다
하얀 무명의 장막 속으로
마악 몸을 밀어넣기 시작한다

나는 종이다
눅눅해지도록 누워 있다
더 이상 젖을 수 없을 때까지

나는 갈매기다
너무 멀리 날아와버렸나 보다
갯내가 나지 않는다

나는 박쥐다
나는 새가 되지 못한 게 아니라
쥐가 되지 못했다

— 나희덕, 〈안개〉 부분

한강 ┃ 2014년 5월 8일, 성수동, 서울

#001
탑승예정자 명단은
밝혀지지 않았다

2013년 11월 16일 아침.

종종 그러하듯 정처 없이 자전거를 타고

한강과 중랑천을 헤매고 다녔다.

짙고 차가운 안개가 하늘과 땅의 경계를 흐려 놓고 있었고,

익숙한 공간의 낯선 풍경을 카메라에 담았다.

태양이 대기를 한참 데운 뒤에야 안개가 조금씩 걷혔고

그 안개 속에서 사람이 죽었다는 소식을 들었다.

잠실대교 | 2013년 11월 16일, 잠실, 서울

**하늘은 보이지 않았고
사람이 지은 것의 끝도 보이지 않았다.**

잠실 제2롯데월드 공사 현장을 촬영한지 30분 후인 오전 8시 54분,

김포국제공항을 출발해 잠실로 가던

LG그룹 소속 헬리콥터 한 대가

삼성동 영동대로변 초고층 아파트에 부딪쳐 추락했다.

회사 측의 무리한 운항 강요가 있었다는 의혹이 있었지만

회사 측은 기상 상황을 확인하여 운항 여부를 결정했다고 발표했다.

김포공항의 저시정低視程 경보도 8시경 이미 해제된 상태였다.

사고가 난 국내 최고가 아파트 중 하나인 삼성동 아이파크에는

설치된 항공장애등이 모두 꺼져 있었으나,

관할구청인 강남구청은 자신의 관할인지 몰랐다고 했고,

경찰은 일출 후 끈 것이라 처벌 대상이 아니라 밝혔다.

추락 당시 헬리콥터의 랜딩기어가 내려진 상태여서
애초의 목적지인 잠실을 향하다
안개 때문에 항로를 이탈해 충돌한 게 아니라
아이파크에 착륙하려 했다는 말들이 돌았다.
모 국회의원과 야구 해설가 등이 스카이라운지에 대기하고 있다가
사고 후 서둘러 떠났다는 소문이 있었으나 확인된 바는 없다.
회사 측 역시 이를 부인했고, 개인정보 보호를 이유로 탑승예정자
명단은 밝히지 않았다.

블랙박스 해독에만 6개월이 걸린다던 경찰은
이후 사고에 대한 공식적인 발표를 하지 않았고,
사고 경위나 여러 의혹에 대한 해명 역시 없었다.
기장과 부기장은 현장에서 사망했다.

안개 속에서 발생한 사고는 안개 속으로 묻혔다.

누구를 태우려 했는지 알 수 없고
누가 도망갔는지도 알 수 없다.
아무도 책임지지 않았고,
아무도 알려 하지 않았다.

사고를 당한 아이파크 아파트 주민들에게는
근처의 고급 호텔에 임시 숙소를 마련해 주었다고 했다.

안개 ㅣ 2013년 11월 16일, 잠실, 서울

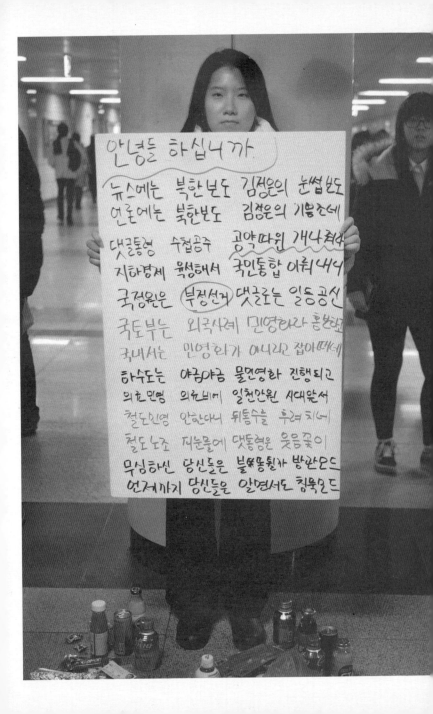

002

이제 아무도, 서로에게
안녕을 묻지 않는다

안녕을 묻는 말들은 안녕하지 못했다.

그나마 안녕을 물을 수 있었을 때가 좋았다는 생각마저 드는 것은

1년이 지난 지금은 이제 아무도,

서로에게 안녕한지 묻지 않기 때문이다.

안녕하지 못한지도 묻지 않는다. 굳이,

물을 필요가 없어졌기 때문인지 모르겠다.

안녕들 하십니까 | 2013년 12월 28일, 시청역, 서울

분향소가 있던 자리 | 2013년 12월 21일, 대한문 앞, 서울

하 수상한 시절에, 안녕들 하십니까?

2013년 12월 10일, 고려대학교에 시대의 안녕을 묻는 대자보 한 장이 붙었다.

조선일보는 이에 대하여 '진보신당 당원의 선동글'이라고 일축했지만, 서로의 안녕을 묻는 대자보의 행렬에는 심지어 초등학생들까지 동참했다.

"철도 민영화에 반대한다며 수천 명이 직위해제되고,
 불법 대선개입, 밀양 주민이 음독자살하는, 하 수상한 시절에
 어찌 모두들 안녕하신지 모르겠다. 안녕들 하십니까?"

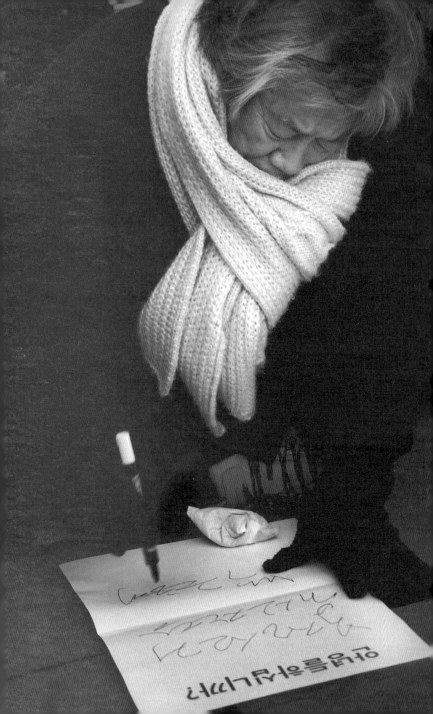

철도 민영화에 반대한 철도 노조의 파업과
뒤이은 대량 직위해제 이후, 고려대학교 경영학과 주현우가 쓴
"안녕들 하십니까"라는 제목의 대자보가 붙은 다음 날,
바로 옆 자리에 40여 장의 화답 대자보가 붙었고,
이후 전국으로 대자보 물결이 퍼져 나갔다.

10일 만에 페이스북 '안녕들 하십니까' 페이지에는
25만 명이 몰렸고,
전국 각지의 대학과 고등학교는 물론이거니와
대학교수, 외국 유학생, 노동자, 전업주부 등이 각자의 삶의 자리
에서 스스로의 안녕을 넘어 서로의 안녕을 물었다.

밀양 송전탑 건설에 반대해 유한숙이 목숨을 끊었다.
'우리의 전기도 안녕하지 못하다'는 글귀가 영정에 올려졌다.

대자보 | 2013년 12월 21일, 청계광장, 서울

27

분향소 | 2013년 12월 21일, 서울광장, 서울

대자보 번개 ▮ 2013년 12월 21일, 청계광장, 서울

#003
우리가 호흡하는 무엇이든

이 뻔뻔하고 부패한 정부는

우리의 도로, 교육, 보건의료시스템, 물 공급 및

어쩌면 공기를 포함하여

우리가 호흡하는 무엇이든 모든 것을 민영화하려고 한다.

— 노엄 촘스키, 〈누가 무엇으로 세상을 지배하는가〉 중에서

인상착의 ㅣ 2013년 12월 21일, 청계광장, 서울

2013년 12월 9일부터 30일까지 22일간

한국철도공사 노조는 사상 최장기간의 파업을 벌였다.

회사측이 수서-평택 간 고속철도를 운영하게 될 자회사인

가칭 수서고속철도주식회사를 설립했기 때문이다.

노조는 수서발 KTX 법인 설립이 '철도민영화'의 시작이라고 주장

했고, 정부와 회사는 '민영화가 아니다'는 주장만을 되풀이 했다.

이에 앞서 박근혜 대통령은 11월 2일 프랑스를 방문하여

'유창한' 프랑스어를 과시하며 한국의 공공부문 시장 개방을

약속했고, 이후 세계무역기구(WTO) 정부조달협정(GPA) 개정안에

서명했음이 밝혀졌다.

서명안의 내용은 다음과 같은 시장개방을 포함했다.

'철도시설공단 사업 중 일반철도 시설의 건설 및 조달,

설계를 포함한 엔지니어링 서비스,

감독과 경영*'

*추후 관리라는 표현으로 수정되었다

#004
이미 건물에 없다고 밝혔다.

현관문 | 2013년 12월 22일, 경향신문 사옥, 서울

12월 22일 오전, 경찰은 철도노조 지도부가 민주노총에 숨어있다며
민주노총 사무실이 입주해 있는 경향신문 사옥에 진입을 시도했다.
전날 경찰의 압수수색 영장은 법원에서 기각되었고, 철도노조 지도
부에 대한 체포 영장만 발급된 상태였다.

전날 세 개의 집회를 돌아보고
추위와 피곤에 절어 잠들었다 일어난 일요일 아침,
경향신문 17층 건물을 추락 방지용 에어매트와 함께
경찰 병력이 에워쌌다는 소식이 들려왔다.
이건 정말 아니다 싶어 아침도 안 먹고 무작정 지하철을 탔다.

경향신문사 사옥 앞 세 번째 저지선에 도착하자
늘어선 경찰 헬멧 뒤로 사진에서 보았던 에어매트가 보였다.
영장 집행 중이라 기자 외에는 들어갈 수 없으니
기자증이나 명함을 보여 달라는 요구를 받았다.

길을 막고 선 명확한 근거가 뭔지 따지고 들 말발은 없고,

밀치고 들어갈 등발은 더더욱 없고, 명함도 없으니 잠시 망연자실.

결국 경향신문사 입구로는 가지 못하고

맞은 편 건물 옥상에 올라가 자리를 잡았다.

그렇게 열두 시간을 추위와 배터리 부족에 시달리며 버텼다.

민주노총 사무실 ǀ 2013년 12월 22일, 경향신문 사옥, 서울

경찰은 경향신문 사옥 1층의 현관 유리창을 깨부수고

좁은 계단을 막고 있는 민주노총 조합원들을

한 명씩 들어내면서 진압했다.

진압이 진행되는 동안, 민주노총 조합원들은 보도자료와 물을

하늘에 뿌리며 저항했다.

갇힌 자들이 가끔 창으로 밖을 내다볼 때마다

아래 쪽의 지켜보는 자들은 가슴이 내려앉고는 했다.

그리고 기어이 경찰은 오후 6시 30분경
민주노총 사무실이 있는 13층부터
옥상까지 샅샅이 뒤졌다.

철도 노조 지도부는 건물에... 없었다.

대변인 성명을 통해 철도노조 지도부가 건물에 없다고
이미 경찰에 여러 차례 알렸다고 밝혔으나
경찰이 이를 믿지 않았노라며, 웃었다.

조합원들의 말에 따르면,
이날 경찰은 민주노총 사무실에서 철도노조 지도부 대신
믹스 커피를 박스째 체포해서 돌아간 것으로 알려졌다.

보도자료 | 2013년 12월 22일, 경향신문 사옥, 서울

수색 영장도 없이 체포 영장만 들고 침탈했으나
철도노조 지도부를 체포하지 못한 경찰 지도부는
부끄러움을 몰랐다.

부끄러움은 늘, 부끄러움을 아는 자의 몫이다.

코레일 최연혜 사장은, 파업이 계속되자
"어머니의 마음으로 기다리겠다"며,
수천 명의 파업 참가자를 직위해제하였지만,
민영화에 반대하는 철도노조의 파업은 계속되었고,
이를 지지하는 사람들의 호응이 이어졌다.

12월 30일, 철도노조는 국회가 철도산업발전소위를 구성함에 따
라 파업을 철회하고 12월 31일 오전 11시까지 현업에 복귀하겠다
고 밝혔다.

커피믹스 ㅣ 2013년 12월 26일, 경향신문 사옥, 서울

우리들이 사랑하는 철도로 하여금

자유의 나라의 대동맥이 되게 하기 위하여

일제의 악한들이 남기고 간 파괴의 흔적과 영영_{쓸쓸}히 싸우고 있을 때

인민의 원수들은 이 철도로 재빨리 친일파와 반역자를 실어다가

인민의 자유를 파괴할 온갖 밀의_{密議}를 여는 데 분주하였다

— 임화, 〈우리들의 戰區_{전구}〉 부분

답해주세요 ㅣ 2013년 12월 28일, 서울광장, 서울.

신문사 앞 ㅣ 2013년 12월 22일, 경향신문 사옥, 서울

41

#005
두려움은 제가 가져가겠습니다

철도노조의 복귀 선언 다음 날인
2013년 12월 31일 서울역 고가도로에서,
40대 남자가 국정원 특검과 박근혜 사퇴를 외치며
몸에 불을 붙이고 뛰어내렸다.
그는 곧 병원으로 옮겨졌으나 다음 날 8시 사망했다.

경찰은 분신한 이남종 씨가 경제적 문제와 가족의 질병 등 신변을
비관하여 자살했다고 밝혔으나,
유족들은 유서를 공개하며 이를 반박하였다.

여러분 안녕하십니까

안부도 묻기 힘든 상황입니다

박근혜 정부는 총칼 없이 이룬 자유민주주의를 말하며

자유민주주의를 전복한 쿠데타 정부입니다

원칙을 지킨다는 박근혜 대통령은 그 원칙의 잣대를

왜 자신에게는 들이대지 않는 것입니까

많은 국민의 지지에도 불구하고 공권력의 대선 개입은

고의든 미필적 고의든 개인적 일탈이든 책임져야 할 분은

박근혜 대통령입니다

이상득, 최시중처럼 눈물 찔끔 흘리며 하늘을 우러러

한 점 부끄럼이 없다던 그 양심이

박근혜 대통령의 원칙이 아니길 바랍니다

여러분

보이지 않으나 체감하는 공포와 결핍을 가져가도록 허락해주십시오

두려움은 제가 가져가겠습니다

일어나십시오

― 이남종(1973년 6월 1일 – 2014년 1월 1일)

전라남도 구례군 마산면에서 3형제 중 차남으로 태어난 이남종은
광주 서강고등학교와 조선대학교를 졸업하고 학사장교로 임관하
였다.
진보단체들은 유족들을 설득하여 그의 장례를 시민장으로 치르기로
하고 1월 4일 서울역 앞에서 영결식을 치렀다.
광주 시립 5·18 민주 묘지에 안장하였다.

바람대로,
양손 가득 움켜쥔 공포와 결핍, 두려움을
떠나는 이의 편에 쉬이 내어줄 수만 있다면 얼마나 좋을까 하는
생각을 했다.

노숙자 | 2014년 1월 4일, 서울역, 서울

44

귀를 열고 눈을 뜨라는 말이 누구를 향한 주문인지 잠시 망설였다.
유래가 없지는 않은, 다만 그 방식이 세련되게 바뀐 국가기관의
대통령 선거개입을 두고도
"그러면 대선불복이냐?"는 앞선 주문 앞에 야당은 고개를 떨구었다.
너무 터무니없는 뻔뻔함 앞에 할 말을 잃어가고 있었다.

지나고 보니 사실, 이미 지옥이었다.
지옥이 무서운 가장 큰 이유 중 하나는
밑바닥이 없다는 것이다.

메모지 ㅣ 2014년 1월 4일, 서울광장, 서울
지옥 ㅣ 2014년 1월 4일, 서울광장, 서울

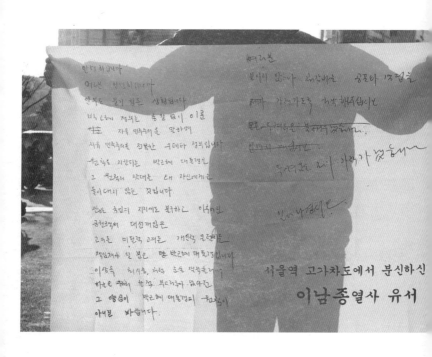

서울역 고가차도에서 분신하신
이남종열사 유서

유서 | 2014년 1월 4일, 서울역, 서울

#006
종북국회를 타도하라

정통국사교육 ┃ 2014년 1월 11일, 동화면세점 앞, 서울

2013년 5월 10일 뉴라이트 성향의 교학사 교과서가 첫 검정심의 본심사를 통과하였다.
교학사 교과서의 관점과 사실 왜곡, 부실 시비가 잇따랐고
전교조의 교학사 한국사 교과서 검정 취소 전국교사선언 등이 이어졌다.
새누리당과 보수 언론 등의 교학사 교과서 감싸기의 한 자락에
우익단체들의 집회도 이어졌다.

역사교과서 논란이 이어지자, 정홍원 국무총리는
"국정교과서로 전환하는 문제에 대해 논의할 필요가 있다"고 밝혀
오히려 논란을 키웠다.
'유신시대로 돌아가는 줄 알았더니 일제시대로 돌아가게 생겼다'는
농담이 농담으로 들리지 않게 되었다.

새누리당 염동열 의원은 JTBC 〈뉴스9〉에 출연하여, 손석희 앵커가
"선진국 가운데 이렇게 교과서를 국정으로 가는 경우는 없다는 이
야기도 나왔다. 어떻게 보느냐"고 묻자,
"그렇게 보지 않는다. 러시아나 베트남, 필리핀 등이 국정교과서를
쓰고 있고, 북한도 국정교과서를 쓰고 있다"고 대답했다.

전투복 | 2014년 1월 11일, 동화면세점 앞, 서울

종북을 욕하지만, 가장 종북인 세력들이 군복을 입고,

종북 타령을 했다.

'대한민국'이라는 이름이 거기서 제일 고생이 많았다.

전투복 ㅣ 2014년 1월 11일, 동화면세점 앞, 서울

#007
반기문 총장님 도와주세요

2014년 1월 3일 캄보디아 프놈펜 남부 공단에서
노동자들이 최저 임금 인상 시위를 하다가,
군부대의 무차별 총격에 5명이 사망하고 30여 명이 부상을 입었다.
한국에 와 있던 캄보디아 이주 노동자들이 2014년 1월 12일
종각에 모여 서울광장까지 행진을 하며
한국 출신의 반기문 UN 총장의 사진을 들고 도움을 요청했다.
캄보디아 정부의 강경진압은 노동자들의 파업이 일주일 이상 길
어지자 캄보디아의류생산자협회(GMAC)가 정부에 진압을 요청해
이루어졌는데,
이 과정을 캄보디아에 입주해 있는 한국 업체와 한국 정부가 주도
했다는 것이 알려졌다.

특히 주 캄보디아 한국 대사관은 훈센 총리, 국가대테러위원장,
경찰청 등과 접촉하며 업계 정상화와 보호를 요청했고, 결국 파업
이 일어난 업체 중 한국의 〈약진통상〉에 군부대가 가장 먼저 투입
되었다.

도와주세요 ｜ 2014년 1월 12일, 서울광장, 서울

이주노동자 ㅣ 2014년 1월 12일, 서울광장 서울

신발 _ 2014년 1월 12일, 서울광장, 서울

1975년-1979년 사이 크메루 루즈에 의해

200만 명이 넘는 사람들이 학살당한 킬링필드의 땅 캄보디아는

여전히 독재정권 치하에서 시름하고 있는데,

캄보디아에서 한국은 중국을 능가하는 최대 투자국 지위를

자랑하고 있다.

이명박 전 대통령은 2000년부터 8년 동안 훈센 총리의 경제고문

이었으며, 대통령 임기가 끝난 후 다시 경제고문으로 복귀하였다.

2012년 캄보디아의 총선이 부정선거 의혹으로 국제사회의 비난

을 받는 가운데,

한국 정부는 거의 유일하게 "캄보디아의 민주주의가 정상궤도에

올랐다"는 성명을 발표해 집권당의 정당성에 힘을 실어 주었다.

노동자 파업을 유혈 진압한 군인 사이에 태극기를 달고 있는 군인

사진이 있음이 확인되었다.

민주노총 등 시민사회단체들은 외교부의 책임과 사과를 요구했다.

추후 한국의 경비업체가 캄보디아의 유혈사태를 일으킨 군부대를
훈련시켰고 무기까지 제공했다는 주장이 제기되기도 했다.

〈약진통상〉과 한국정부는 캄보디아 유혈사태에 대한 관련성을
전면 부인했으며,
한국의 기업들은 파업에 참가한 캄보디아의 노동자들을 상대로
'손해배상' 소송을 추진했다.

유혈 사태 이후 비판 여론이 일자
이를 의식해서인지 이명박 전 대통령은
경제고문직을 그만 두었는데,
2014년 7월 김관용 경상북도 지사가 뒤를 이어
캄보디아 총리의 문화정책 고문직에 위촉되었다.

#008

두려움 없는 고립이
때로 연대를 부른다

파업罷業, Strike은 노동자가 자신의 요구를 실현시키기 위해 집단적
으로 업무를 중단함으로써 자본가에 맞서는 투쟁방식이다. 대한
민국 헌법 33조에서는 노동자들의 권리와 이익을 위하여 단결권
(노동조합 결성권리), 단체교섭권와 더불어 단체행동권을 노동자의
권리로 인정하고 있다. 여기서 단체행동은 태업, 피켓팅, 불매운
동, 파업 등이 해당된다.

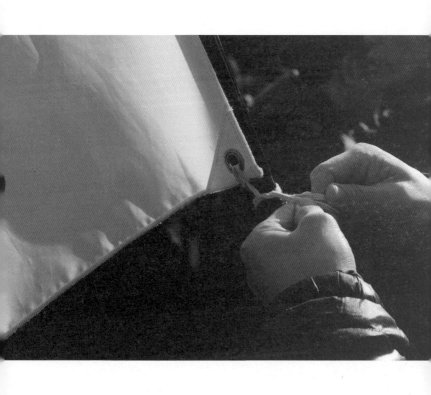

깃발 | 2014년 1월 18일, 서울역, 서울

피켓. 2014년 4월 18일, 서울역, 서울

유례없는 경찰의 민주노총 사무실 침탈에 반발하여,
노동자들은 총파업을 선언하고 2013년 12월 28일 서울광장에서
약 10만 명이 모인 가운데 집회를 가졌다.

후속 파업이 2014년 1월 9일과 1월 18일에 이어졌고,
박근혜 대통령 취임 1주년인 2월 25일에는
박근혜 정부 퇴진 운동을 벌였다.

민주노총은 박근혜 정부의 노동 탄압과
반 노동 정책을 규탄하고 민영화와 연금 개정 저지 등을 외쳤다.

정부는 민주노총의 파업을 '불법'으로 규정하고,
"지금은 경제 회복과 일자리 문제 해결에 국민적 역량을 모아야 할
때"라며 엄정 대처를 다짐했다.

목 적 : 상황 대비

관련 주차 종이오니
양해하여 주시면
감사하겠습니다
서울지방경찰청

상황 대비 | 2014년 1월 18일, 서울역, 서울

어떤 반성도 없이 탈법과 불의를 자행하는
공권력의 집행 아래 우리는 오늘을 살고 있다

민영화 저지!!

가자! 2·25 총파업으로

민주노총 사수!

이명박 구속! 박근혜 퇴진!

유권소

유권소 다음 카페 http://cafe.daum.net/f4vr1219

그룹 https://www.facebook.com/groups/fightvoter4rights

총파업總罷業, General Strike은 노동자들이 단결하여 실시하는
노동쟁의의 한 형태이다.
총동맹파업總同盟罷業이라고도 한다.

과거에는 전국적인 규모의 파업만을 가리키는 의미로 쓰였으나,
최근에는 특정 지역에서 여러 가지 산업이 일제히 파업을 실시하는
경우도 총파업이라고 하는 경향이 있다.
민주노총은 2.25 총파업을 제안하며 '국민파업'이라 이름을 붙였다.

연대를 구하여 고립을 두려워하지 않는 일과
고립을 두려워하여 연대를 구하는 일은 조금,
다르다는 생각을 했다.

두려움 없는 고립이 때로 연대를 부른다.

총파업으로 가자! ┃ 2014년 1월 18일, 서울역, 서울
유권자의 권리 ┃ 2014년 1월 18일, 청계광장, 서울

보이니?

눈 오는 숲은 일요일이다.

영원히 계속될 듯.

하지만 마침내 그칠 것이다.

그때 눈은 숲의 내부로 스며든다.

— 황인숙, 〈흰눈 내리는 밤〉 부분

동숭동 | 2014년 1월 20일, 동숭동, 서울

내 손이 닿지 않는 데까지
낙망하지는 말아다오.
어쨌든 지금은
순수한 현재.

— 황인숙, 〈흰눈 내리는 밤〉 부분

009

나실 제 괴로움 다 잊으시고

어버이 │ 2014년 2월 25일, 대한문 앞, 서울

어버이연합 | 2014년 2월 25일, 대한문 앞, 서울

기르실 제 밤낮으로 애쓰는 마음

어버이 [명사]

어머니의 '어'와 아버지의 '버'를 따서 만든 말이다.

1930년대 구세군을 통해 미국의 '어머니의 날'이 전해졌고,

이후 이승만 정부에서 1956년 5월 8일을 '어머니날'로 지정하여

갖가지 경로효친 사상이 담긴 행사를 실시하였다.

그러다가 '아버지의 날'도 만들라는 여론이 거세지자

1973년 3월 30일을 '어버이날'로 바꾸어 지정하였다가

날짜가 헷갈린다는 지적이 이어져

이듬해인 1974년부터 5월 8일로 다시 돌아갔다.

진 자리 마른 자리 갈아 뉘시며

대한민국어버이연합Korea Parent Federation, 약칭: 어버이연합은
2006년 5월 8일 출범한 '보수우익 단체'이다.
'친북좌파 척결과 자유민주주의 수호'가 목표다.

— 2009년 김대중 전 대통령 묘소에 분뇨를 뿌리고
   부관참시 퍼포먼스
— 2010년 PD수첩의 광우병 보도 무죄 판결을 낸
   대법원장 차량에 계란 투척
— 2011년 한진중공업 희망버스 저지를 위해
   영도대교를 점거하고 신분증 검사
— 2011년 비정규직 노동자 해고 철회 농성장에서
   백기완 통일문제연구소장 폭행
— 2012년 김용민 후보 사무실 난입 시도
— 2013년 복지부의 유디치과 수사의뢰로
   값싼 임플란트 시술 기회가 막혔다며 복지부 규탄
— 2013년 통합진보당 해체 촉구 혈서 및 삭발
— 2013년 문재인 민주당 의원 화형 퍼포먼스
— 2013년 황우여 새누리당 대표 화형 퍼포먼스
— 2014년 세월호 유족 농성장 난입

손발이 다 닳도록 고생하시네.

#010
정책의 성공은
예술과 같은 것

1900년대 초반 하루 12시간에서 18시간 노동에 시달리던
미국의 의류 여성 노동자 1만 5천여 명이
1908년 3월 8일 뉴욕 럿거스 광장에 모여
"우리에게 빵과 장미를 달라"고 외쳤다.
이들은 장장 13주 동안 파업 시위를 벌이며,
'빵' 즉 생계를 위한 권리와,
'장미' 즉 존엄한 존재로 인정받고 싶다고 했다.

박근혜 대통령의 취임 1주년을 맞은 날,
총파업 대오의 맨 앞에서 비정규직 청소노동자들이
"빵과 장미를 달라"고 외쳤다.

우리가 환한 아름다운 대낮에 행진, 행진을 하자,
헤아릴 수 없이 많은 컴컴한 부엌과 잿빛 공장 다락이
갑작스런 태양이 드러낸 광채를 받았네.
사람들이 우리가 노래하는 "빵과 장미를, 빵과 장미를"을 들었기
때문에.

빵과 장미 ｜ 2014년 2월 25일, 청계광장, 서울

우리들이 행진하고 또 행진할 땐 남자를 위해서도 싸우네,
왜냐하면 남자는 여성의 자식이고, 우린 그들을 다시 돌보네.
태어나서 죽을 때까지 우린 착취당하지 말아야만 하는데,
마음과 몸이 모두 굶주리네: 빵을 달라, 장미를 달라.

우리가 행진하고 행진할 때 수많은 여성이 죽어갔네,
그 옛날 빵을 달라던 여성들의 노래로 울부짖으며,
고된 노동을 하는 여성의 영혼은 예술과 사랑과 아름다움을 잘 알
지 못하지만,
그래, 우리가 싸우는 것은 빵을 위한 것─또 장미를 위해 싸우기
도 하지.

우리들이 행진을 계속하기에 위대한 날들이 온다네─
여성이 떨쳐 일어서면 인류가 떨쳐 일어서는 것─
한 사람의 안락을 위해 열 사람이 혹사당하는 고된 노동과 게으름
이 더 이상 없네.
그러나 삶의 영광을 함께 나누네: 빵과 장미를 빵과 장미를 함께
나누네.

― 제임스 오펜하임, 〈모든 이에게 빵을, 그리고 장미도〉 전문
 (번역: 진영종 성공회대 교수)

노동자와 시민들이 파업을 벌이던 날,

박근혜 대통령은 취임 1주년을 맞이하여 대국민담화를 통해, '경

제혁신 3개년 계획'을 발표했는데, 궁극적 목표로 '474 비전'을 내

놓았다.

박근혜 대통령은 "잠재성장률을 4%대로 끌어올리고,

고용률 70%를 달성하며 1인당 국민소득 4만 달러 시대로 가겠다"며

"3년도 길다"고 덧붙였다.

또한, 박근혜 대통령은

"정책의 성공은 예술 같은 것이라는 생각을 한다"며

"김연아 선수가 얼마나 많은 노력을 거쳤기에 그렇게 한 치의 오차

도 없이 물 흐르듯 아름답게 실력을 펼치느냐"고 청와대 비서진들

을 독려했다고 전해졌다.

댓글 | 2014년 2월 25일, 서울광장, 서울
청계천 | 2014년 2월 25일, 청계로, 서울

김기춘 청와대 비서실장과 직원들은 취임 1주년 기념패를 만들어 박근혜 대통령에게 전달했는데, 기념패에는 다음과 같은 내용의 청와대 직원들의 다짐이 새겨졌다고 했다.

'희망의 새 시대, 취임 1주년을 맞아 박근혜 정부가 제2의 한강의 기적을 이루고 국민이 행복한 시대를 열어갈 수 있도록 모든 열정을 다해 일하겠다.'

박근혜 대통령의 취임 1주년을 맞은 이날 '국민파업'에는 전국에서 20만 명이 동참한 것으로 집계되었다.

경찰은 최루액을 동원해 집회 참가자들의 행진을 막았고, 어버이연합 등 보수단체 회원들이 대한문 앞에서 서명을 벌이던 쌍용자동차지부 노조원과 몸싸움을 벌이기도 했다.

퇴진 ｜ 2014년 2월 25일, 서울광장, 서울
피켓들 ｜ 2014년 2월 25일, 서울광장, 서울

헬멧 쓴 전투경찰들이 동년배에서 서서히 막내 동생으로 보이다가
이제 조카뻘 되는 아이들로 보일 무렵이 되었다.
저 방패 뒤에 저 헬멧 속에 사람이 들어 있지 하다가도
단호한 군장을 마주하면 그래, 저것은 그저 공권력이지 한다.

다만 왜 저 확고한 단호함은 그저 노동자와 힘없는 사람들에게만
보여주는 것일까, 하는 생각을 하다가 헬멧 속 전투경찰의 긴 속
눈썹을 보았다.
저 속눈썹은 깜빡이기도 하고, 흔들리기도 했을 것이다.
때로, 눈물과 함께 떨어지기도 했겠지.

그렇게 겨울이 가고 있었다.

안개인지 먼지인지 종종 가늠할 수 없는 날들이 이어졌다.

총파업이 끝나고 이제 집회 사진을 찍을 일은 당분간 없으려니 했다.

익숙하고 낯선 골목을 헤매며 가로등과 계단을 찍었다.

익숙한 곳을 낯설게, 낯선 곳을 익숙하게 찍는 것이 좋았다.

헬멧과 속눈썹 | 2014년 2월 25일, 서울광장, 서울
도심 | 2014년 2월 25일, 광화문, 서울

#011
시공업체 대표업체는
삼성물산이다

우연히 들른, 화재 사건이 발생했던 용산 철거현장은 주차장으로
변해 있었다.

이런 황망한 주차장을 만드려고 생목숨들이 죽었던가 싶어,

그 책임자들은 어떤 댓가를 치렀나 싶어 지난 기사를 조금 들여
다 보았다.

한 문장으로 요약한 기사는 간명했지만, 잔인했다.

2009년 1월 20일 서울특별시 용산구 한강로 2가에 위치한 남일당 건
물 옥상에서 점거농성을 벌이던 철거민을 상대로 경찰과 용역 직원
들이 강제 진압하는 가운데 발생한 화재로 인해 다수의 사상자가 발
생했다. 이 사건으로 철거민 5명과 경찰특공대 1명이 사망하고, 23
명이 크고 작은 부상을 입었다. 시공업체는 삼성물산, 대림산업, 포
스코건설이고 대표업체는 삼성물산이다.

주차장 ┃ 2014년 3월 11일, 용산, 서울

용산역 ┃ 2014년 3월 12일, 용산, 서울

사고 발생 후 얼마 지나지 않은, 2009년 2월 3일 청와대 국민소통비서관실 행정관 이성호는 경찰청 홍보담당관에게 용산 참사를 무마시키기 위해 경기 서남부 지역 연쇄 살인 사건을 적극 활용하라는 이메일을 보내 문제가 되었다. 처음 민주당 국회의원 김유정이 이 사실을 폭로하였을 때 경찰과 청와대 모두 이메일에 대해 부인하였으나 결국은 보낸 것으로 밝혀졌다.

청와대측은 이를 이성호의 개인적인 행동이라고 발표했다.

검찰은 2009년 2월 9일 용산 참사의 수사결과를 발표하면서 건물 점거농성을 벌인 농성자 20명(5명 구속, 15명 불구속)과 불법행위를 저지른 용역업체 직원 7명 등 27명을 기소했고, 같은 해 10월 28일 망루 생존민 전원에게 유죄를 선언했다. 시공업체와 경찰에는 형사책임을 전혀 묻지 않았다.

판결 후 2009년 12월 30일, 용산참사 유가족은 정부와 협상을 타결했다. 정부와 경찰 측에서 법률적 책임을 진 사람은 없었고, 유가족에게는 조합 차원의 장례비가 지급되었다. 같은 날 시인 송경동은 시집을 한 권 묶어 냈다.

용산4가 철거민 참사 현장

점거해 들어온 빈집 구석에서 시를 쓴다

생각해보니 작년엔 가리봉동 기륭전자 앞

노상 컨테이너에서 무단으로 살았다

구로역 CC카메라탑을 점거하고

광장에서 불법 텐트 생활을 하기도 했다

국회의사당을 두 번이나 점거해

퇴거 불응으로 끌려나오기도 했다

전엔 대추리 빈집을 털어 살기도 했지

허가받을 수 없는 인생

그런 내 삶처럼

내 시도 영영 무허가였으면 좋겠다

누구나 들어와 살 수 있는

이 세상 전체가

무허가였으면 좋겠다

— 송경동, 〈무허가〉

허수의 아비 | 2013년 11월 16일, 왕십리, 서울

2부

가만히 있으라

2014년 4월 16일 – 2014년 6월 15일

심장은 뛰는 것만으로도 인간의 가장 뜨거운 성기가 된다.
그곳에서 가장 아픈 아이들이 태어난다.
그런데 그 심장이 차가워질 때 아이들은 어디로 가서 태어난 별을
찾을까.

— 허수경, 〈빌어먹을, 차가운 심장〉 시인의 말, 중에서

012

최초 신고자의 첫마디는
"살려주세요"였다.

상어 | 2014년 4월 16일, 낙산공원, 서울

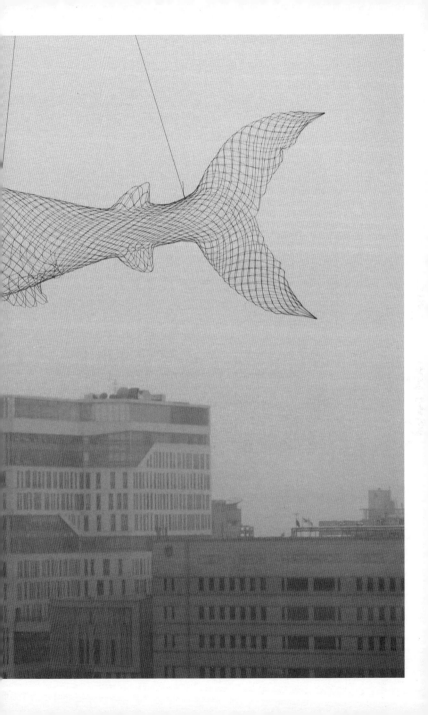

2014년 4월 이상고온으로 개나리와 벚꽃이 함께 피었다 졌다.
중순에 접어들며 작년보다 열흘 정도 빨리 철쭉꽃이 피었다.
쌀쌀하지도 포근하지도 않던 4월 16일 아침 이른 출근길,
낙산공원에 들러 안개에 덮인 회색 도시를 찍었다.
철사로 만든 상어 조형물 아래 보이는 뿌연 빌딩숲이
마치 심해의 협곡 같았다.

상어가 안개를 품은 것인지
안개가 상어를 품은 것인지,
알 수 없다고 생각했다.

2014년 4월 15일 오후 9시.

지독한 안개 때문에 예정보다 2시간 30분 늦은 세월호가 인천항을 출발했다. 밤새 서해를 남하한 세월호는 날이 밝자 속도를 올려 8시 30분경 맹골도와 서거차도 사이를 최고 속도로 진입하였다. 당시 세월호에는 단원고 2학년 학생 325명과 교사 14명, 일반인 104명, 선원 33명이 탑승하였다고 한다. 또한 차량 180대와 화물 1157톤이 실려 있었던 것으로 알려졌는데, 출발 당시 이미 적재 한도를 초과했다는 주장도 제기되었다.

2014년 4월 16일 오전 8시 52분.

전남소방본부 119상황실에 최초로 사고 신고 전화가 걸려왔다. 최초 신고자인 학생의 첫 마디는 "살려주세요"였고, 배가 침몰하고 있음을 알렸다. 전화를 받은 119상황실은 목포 해경을 연결시켜줬는데(8시 54분), 목포 해경은 신고자에게 '위도와 경도'를 말하라고 했다. 신고자가 당황하자 119상황실이 탑승객임을 알렸지만 목포 해경은 계속해서 위치를 물었고, 통화 1분 30초만에야 해경 측은 선박의 이름을 물었다. 최초 신고자는 그제서야 답할 수 있었다.

"세월호요."

세월호는 최초 신고보다 3분 후, 사고 해역과 가까운 진도관제센터(VTS)가 아닌 제주관제센터(VTS)에 교신해 배가 침몰 중임을 알렸다(8시 55분). 그리고 다시 이 제주관제센터(VTS)는 목포해경이 아닌 제주해경에 연락했고(8시 56분), 8시 58분에 비로소 목포해경이 사고를 접수했다. 이에 추후 상황을 파악한 진도관제센터(VTS)가 9시 6분에 세월호를 호출하여 직접 관제를 시작하였다. 9시 17분의 진도관제센터와의 교신에서 세월호 선원은 배가 50도 이상 기울어져 있다고 보고하였다.

사고 접수 후, 해양경찰은 출동 및 구조에 나섰다. 해경은 헬기 1대와 경비정 20척을 현장에 투입해 헬기로 승객 6명을 구조했고, 100여 명은 경비정에 옮겨 태워 인근의 진도나 목포시 등지로 이송했다. 해군도 구조 작업을 위해 사고 해역으로 유도탄고속함 1척과 고속정 6척, 해상초계가 가능한 링스헬기 1대 등을 투입했다. 이후 보도를 미루어 투입만, 했다.

민간 어선 선장 박영섭은 16일 오전 9시 3분경 수협 목포어업통신국이 송신한 긴급 구조 요청 신호를 받고, 병풍도 북쪽 1.5마일 해상에서 여객선 세월호가 침몰 중이라는 사실을 확인. 바로 뱃머리를 병풍도 쪽으로 돌렸다. 오전 10시 30분경 사고 현장에 도착한

박 선장은 해경과 구조 작업에 참여해 승객 27명을 구조하였다. 조도면 청년회원 김형오 역시 자신의 1.1t급 소형 어선을 몰고 구조 작업에 동참하여, 총 25명을 구조하였다. 그외에도 메시지를 받고 10여 분 만에 출항 준비를 마친 조도면의 어선이 60여 척, 어민은 150여 명에 달하는 등 초동구조에 민간 어선들이 큰 역할을 하였음이 밝혀졌다.

사고 당일 구조된 세월호 탑승자는 승무원 23명, 단원고생 75명, 교사 3명, 일반인 71명으로 모두 172명이었다.
이후 구출된 생존자는, 없다.
진도 앞바다와 대한민국의 안개 또한 걷힌 적이 없다.

헬리콥터가 와 | 2014년 4월 29일, 충신동, 서울

013

세상은 조용하기만 하다

생존자들은, 선박이 완전히 침몰하기 전까지
2시간의 시간이 있었는데
당시 선내에서는 "더 위험하니 동요하지 말고 가만히 있으라"는
방송만 흘러나왔다고 전했다.

지시를 따르지 않고 구명조끼를 입고 탈출을 시도했던 승객들의
생존율이 더 높았음이 밝혀졌다.

선내 방송을 믿고 기다리다 물 속으로 사라져버린
아이들의 마지막 영상이 흘러 나오기 시작했다.
경찰은 수습한 시신의 소지품과 휴대폰을 압수해갔다.

선장을 비롯한 선박직 승무원들이 가장 먼저 해경에 의해 구출되
는 장면이 며칠을 두고 뉴스에서 반복되었다.

박근혜 대통령은 선장과 선원을 살인자라고 비난하고,
해경의 초동대응을 탓하고, 무능한 행정부를 질타했다.

세월호 침몰 사고의 책임에 대한 논란이 불거지는 도중,
영화감독 박성미의 '이런 대통령 필요 없다'라는 글이 청와대 게시
판에 올려졌는데, 대통령의 하야를 요구하는 이 글은 조회수 50만
을 넘었고, 한때 청와대 게시판이 다운되기도 했다.

쌍용자동차 해고노동자 정한욱이 숨을 거두었다.
스물 다섯 번째 죽음이었다.
해고 이후 천막농성장을 지키기도 했지만
생계를 위해 택배기사부터 시간강사까지 닥치는 대로 일을 해오던
사내의 심장이 멎었다.
고등학생 세 자녀가 있다고 했다.

4월 29일에는 경희대학교 학생 용혜인이 청와대 홈페이지 자유게시판에 글을 올려 추모 침묵행진을 제안했다.

용혜인은 글에서 "이 나라에 계속 이어져온 참사의 전통에서, 이번에 달라진 것이라고는 정부의 태도 뿐"이라며 "세월호 참사는 군부독재 시절 이후 일어난 대형 참사 중에서 유일하게 대통령이 사과하지 않은 사건"이라고 지적했다.

그러면서 "침묵으로 교훈을 잊은 결과 우리가 얻은 것은 여전한 죽음과, 뻔뻔한 대통령 뿐이다. 그런데도 세상은 조용하기만 하다"며 "가만히 있기는 너무 꺼림칙하다"고 행진을 제안한 이유를 밝혔다.

안산에서 20여 년을 자란, 용혜인은
희생자 중에 중학교 때의 선생님이 있고,
친구의 동생도 있다고 했다.

가만히 있으라 ｜ 2014년 4월 30일, 홍대앞, 서울
침묵행진 ｜ 2014년 4월 30일, 서울광장 앞, 서울

014

그림자처럼 사람들이
따라 걷기 시작했다

4월 30일 첫 번째 행진의 시작에 50여 명의 사람이 함께 했다.

검정색 옷을 갖춰 입은 사람들 사이로

교복 입은 여학생도 있었다.

행진의 마지막엔 250여 명의 사람들이 참가하였다.

두 번째 행진인 5월 3일에는 300명이 넘는 사람들이 모였고,

전국적으로 확대되기 시작했다.

그림자처럼 사람들이 따라 걷기 시작했다.

발걸음 ｜ 2014년 5월 3일, 상수동, 서울

Halo
Hello
こんにちは
Czesc Buon Giorno
你好
Hello
สวัสดี Hola
Chao 你好
FOOT LOCKER
H&M
JENNY'S FIT
CHARLES & KEITH
H&M
MANGO
CAFFE BENE
COLD STONE
SCHOOL FOOD
"가만히 있으라"
"가만히 있으라"
"가만히

침묵보다 강한 설득법은 없다고 배웠다.
다만 침묵하는 법은 배우지 못했다.
침묵 속에 고요히 조화를 들고 행진하는 일은,
말하지 않으면서 말하는 법과도 같았다.

그렇게 우리는 슬퍼하는 법을 배워가고 있었다.
그렇게 우리는 분노하는 법을 배워가고 있었다.
다만 이런 식으로 배우는 삶을 생각했던 것은 아니었다.

마음의 본명은 몸이라는 걸 깨닫고 나서야 울음을 멈추게 된다.
다시 울게도 된다.

지켜봐주는 사람이 있다는 것만으로도 힘이 되는 날들이 있다.
지켜보고 싶은 것들을 모두 잃은 사람들을,
외롭지 않도록 하는 일은 아직까지는 그저,
지켜봐주는 것들이 아닌가 했다.
지켜보고 싶은 것들이 있는 사람은 외롭지 않았다.

묵념 ┃ 2014년 5월 3일, 서울광장, 서울
버스 승객 ┃ 2014년 5월 3일, 서울광장 앞, 서울

DNA로 자식을 상봉하는

진도 바다 곁 울음바다 팽목항에

또 한 구의 희생자가 올라온다

저리 슬픈 느낌표를 보았느냐

움직이지 말라는 말을 신뢰한 죄로

영원히 움직일 수 없는 몸이 된

저리 슬픈 느낌표를 보았느냐

우리들에게 가만히 있지 말라고

이젠 앞서서 움직이라고 침묵으로 일갈하는

죽임당하며

살아나

물 밖 세상도 서서히 침몰 중이라고

우리를 자각시켜주는

처절한 영혼들의 외침

들리는가

— 함민복, 〈마지막 에어포켓〉 부분

015

교통사고로 죽는 사람이 더 많다

한국방송공사(KBS)의 김시곤 보도국장이
회식 자리에서 기자들에게
"세월호 침몰 사고 사망자보다 대한민국에서 교통사고로 죽는 사
람이 많다"며 세월호 희생자들에 대한 비하로 여겨질 만한 발언을
했다는 사실이 알려졌다.

한국방송공사 ǀ 2014년 5월 8일, 여의도, 서울

아이 없는 첫 어버이날을 맞은 유가족들이

5월 8일 한국방송공사 본사로 상경하여

김시곤 보도국장의 면담과 사과를 요구했다.

사과 요청은 거절 당했다.

영정 │ 2014년 5월 8일, 여의도, 서울

이에 유가족들은 아이들의 영정을 들고 청와대로 걷기 시작했다.
달리 방도가 없었다. 모든 결정을 누가 하는지 깨달아 갈 수밖에
없었다.
아무도 대답하지 않았고, 아무도 책임지지 않았다.
어둠은, 어둠보다 깊었다.
아이의 영정만이 홀로 빛났다.

길바닥 │ 2014년 5월 8일, 여의도, 서울

#016
김밥을 우겨넣어야 하는
아비의 마음을

고개를 들지 못하고 걸었다.

죄지은 건 아이를 잃은 사람이 아닌데,

아이를 잃은 것이 죄가 되었다.

아이가 죽은 원인을 밝혀 달라는 게 죄가 되었다.

아이의 죽음을 모욕하지 말라는 말이 죄가 되었다.

영정을 든 행렬 | 2014년 5월 9일, 광화문광장, 서울

차단 ǀ 2014년 5월 9일, 청운효자동, 서울

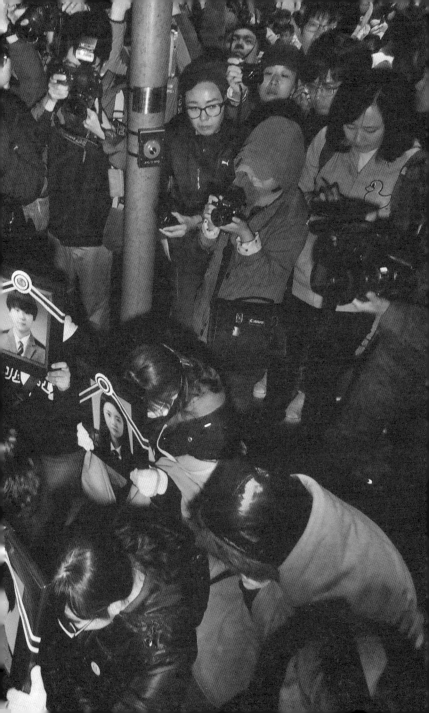

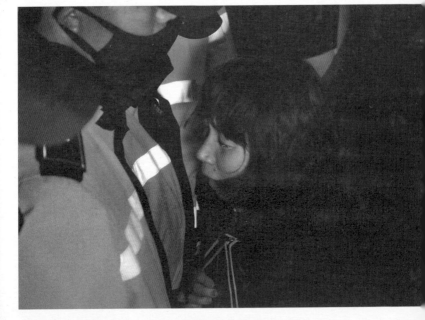

더 갈 데가 없기에 주저 앉았다.
더는 억울하게 만들지 말라는 울음에 대한 대답은
부동의 자세로 벽을 쌓은 어린 경찰들.
아이들은 저만큼도 자라지 못하고 갔다.
더 갈 데 없는 바람이 찼다.

밤을 지샌 유가족들을 위해 시민들이 담요와 먹을 것을 싸들고
모이기 시작했다.
4월 16일 아침 그 바다에서처럼, 유가족을 위로하고 구하러 달려
온 건 청와대도 경찰도 아닌 청운효자동 주민들과 시민들이었다.
시민들이 모여들자 경찰은 병력을 늘렸다.

청와대는 '순수한' 유가족은 만나겠다며,
정무수석을 보내 이야기를 듣겠다고 했다.

눈물 | 2014년 5월 9일, 청운효자동, 서울
통곡 | 2014년 5월 9일, 청운효자동, 서울

KBS는 "자사 간부가 유가족에게 당한 폭행과 감금으로
정신적 충격을 받아 입원했다"는 보도자료를 뿌렸다.

진도에서부터 내내 사건을 지켜보던 사내도 왔다.
사내는 울지 않았다.
스스로 해야 할 일이 무엇인지 쌓아가고 있었겠다.
그의 행보가 늘 옳은 것도, 늘 동의할 수 있는 것도 아니지만,
그가 없다면 우리는 기록 하나를 잃게 될 게다.
그는, 기록하는 사람이다.

천 개의 바람 ㅣ 2014년 5월 9일, 청운효자동, 서울
기자 ㅣ 2014년 5월 9일, 청운효자동, 서울

어김없이 새벽이 왔다.

어김없이 눈을 뜨고,

어김없이 이 모든 일들은 꿈이 아니다.

어김없이 아프다.

새벽 ㅣ 2014년 5월 9일, 청운효자동, 서울

자식 잃고 찬 바닥에서 딸의 영정을 안은 채로
김밥을 우겨넣어야 하는 아비의 마음을
나는 기필코 헤아릴 수가 없다.
아비가 된다는 건 그런 것이구나 했다.
자식을 지킬 기회조차 잃어버리고
이제 살아 남아서, 그 이유를 밝혀야 하는 일이다.

계절이 바뀌어 이 사진을 써도 되겠냐고, 간곡히 여쭈었다.
검게 그을려 그새 알아보기도 힘든 사내가 고개를 끄덕였다.

김밥 │ 2014년 5월 9일, 청운효자동, 서울

날이 새자 달려온 시민들이 종이배를 접어 유가족들 곁에 두고 갔다.

등교하던 아이들이 종이배를 접어 경찰버스에 붙여두고 갔다.

아이들을 구하러 달려왔던 어민들의 작은 배처럼

유가족들을 구하러 사람들이 달려 왔다.

아스팔트 위의 배는 가라앉지 않았다.

종이배 ┃ 2014년 5월 9일, 청운효자동, 서울

유가족들을 막으러 경찰이 왔다.

시민들을 막으러 경찰이 왔다.

유가족보다 시민들보다 경찰이 많았다.

행인들은 유가족을 볼 수 없었다.

장벽 ┃ 2014년 5월 9일, 청운효자동, 서울

날이 밝자 김시곤 보도국장은 사직 선언을 하면서,

오히려 길환영 KBS 사장이 해경에 불리한 보도를

자제하라고 개입했고,

윤창중 성추행 사건 등에도 축소 보도 압력을 넣었다며 폭로했다.

KBS 기자협회가 5월 19일부로 제작거부를 선언했고,

KBS 노조는 길 사장의 해임을 요구하며 파업을 벌였다.

선거를 앞두고 표결 연기 논란 끝에

6월 5일 KBS 이사회는 길환영 사장 해임제청안을 통과시켰다.

사력을 다해 싸우지 않으면,

아무 것도 저절로 바뀌지 않았다.

아무도 구하러 오지 않았다.

#017
세 번째 슬픔은 침묵과 돌멩이

안산 화랑유원지에 마련된 합동분향소에
전국에서 추모객들이 찾아왔다.
'가만히 있으라' 피켓을 든 학생들이
조용히 안산으로 침묵행진을 했다.
나는 가만히 따라갔다.
가만히 따라간 건 나만이 아니었나 보다.

침묵행진을 처음 제안한 용혜인의 증언에 의하면,
"침묵시위가 끝난 뒤 집에 가는 길에 한 승합차가 앞에 멈춰서더니
안에 탄 한 남성이 카메라를 들고 나를 촬영해갔다."

지하도 | 2014년 5월 10일, 서울역, 서울

5개월 후 경찰이 용혜인의 카카오톡 계정에 압수수색 영장을 발부받아 대화 상대방의 계정 정보(아이디, 닉네임, 인증 휴대전화번호, 휴대전화의 맥어드레스 등)와 사용자들과 주고받은 대화 내용 및 사진 정보, 동영상 정보 일체를 가져갔다는 사실이 드러났다.

시민들이 슬픔에 빠져 추모를 이어갈 동안, 경찰은 시민들에 대한 감찰을 이어갔다.

합동분향소 2014년 5월 10일, 화랑유원지, 안산

300개의 우주 ┃ 2014년 5월 10일, 화랑유원지, 안산

물 속으로 가라앉은 건 그저 300개의 세계가 아니었다.

그건 곧 온 우주와 같은 말이었다.

시스템은 없었다. 그것은 그저 허상이었다.

존재하지 않는 것들에 기대어

존재하는 것들을 옥죄는 사람들의 사회.

저들은 지키지 않는 규칙들을 지키라 강제하는 사회.

세월호, 의 다른 말이었다.

합동분향소 | 2014년 5월 10일, 화랑유원지, 안산

최초의 슬픔은 눈물과 사과

두번째 슬픔은 절규와 바다

세번째 슬픔은 침묵과 돌멩이

슬픔을 견디려다

사람은 슬픔을 잃어버린다

네번째 슬픔은 냉소와 혼란

그리고 최후의 슬픔은 이제

꿈속에만 있을 뿐

— 다니카와 슌타로, 〈슬픔에 대해서〉

사고 발생 2주 후인 4월 29일, 박근혜 대통령은
안산 화랑유원지에 차려진 합동분향소를 방문해 조문했다.

박 대통령이 사과 없이 떠나자 유가족들은
박근혜 대통령과 정홍원 총리 등의 조화를
분향소 밖으로 모두 치웠다.

더불어 언론에 분향소에서 대통령의 위로를 받은 할머니 조문객은
정부 측에서 동원한 인물로 연출된 장면임이 밝혀졌는데,

박근혜 대통령은 "유족이 아닌 줄 몰랐다"고 했고,
할머니는 "대통령인 줄 몰랐다"고 했다.

#018

마음을 빠져나온 마음이
마음에게로 가기 위해

아이들을 이대로 가슴에 묻을 수 없습니다 ｜ 2014년 5월 17일, 청계광장, 서울

세월호 희생자들을 추모하는 집회들은
그동안 보아왔던 여느 집회들과는
완전히 다른 분위기가 계속 이어졌다.
참가자들은 단상의 발언 하나하나를 놓치지 않았고,
아이들의 영상이 나올 때면 모두 눈물을 훔쳤다.
'가만히 있으라' 침묵집회는 계속 이어졌는데,
5월 17일부터 경찰의 본격적인 연행이 시작되었다.

연행 ┃ 2014년 5월 18일, 광화문광장, 서울
채증 ┃ 2014년 5월 18일, 광화문광장, 서울

그저 침묵으로 추모하는 행진을 이어가는 시민들이 한 명씩 끌려
갔다. 경찰의 목소리가 하늘을 채웠다.
"범법자들 전부 다 채증해"
"채증 마쳤으니 하나하나씩 다 연행해"

이때 끌려간 연행자들은 세월호 특별법이 타결된
11월에 이르러 난데없이 뒤늦은 기소장을 받게 된다.

손피켓 ∣ 2014년 5월 18일, 광화문광장, 서울

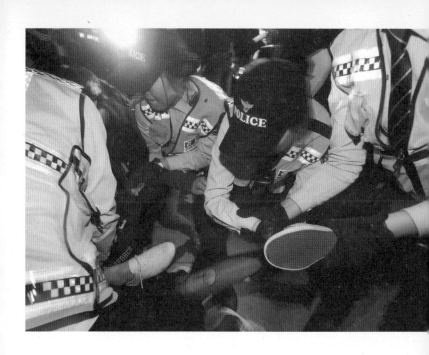

"300명의 죽음에 대하여 슬퍼하고 진상규명을 요구하는 것이 죄라면, 저를 잡아가십시오. 침묵하며 추모하는 것이 죄라면, 저를 잡아가십시오"

용혜인이 눈물을 뚝뚝 흘리며 외쳤다.
경찰은 표정 없이 용혜인을 끌고 갔다.

연행 ㅣ 2014년 5월 18일, 광화문광장, 서울

한선교 새누리당 의원이, 재난 상황 시 정부의 대책과 관련한 의혹을 제기하는 누리꾼들을 5년 이하의 징역이나 5000만원 이하 벌금에 처하도록 하는 법안을 발의했다.

막차 시각이 다가오자 연행에 항의하던 사람들도 하나둘 집으로 돌아갔다.
광장에는 십수 명의 시민이 남았는데, 수백 명의 경찰이 그들을 막아섰다.
그렇게 밤이 새도록 경찰은 광화문광장을 지켰다.

무엇을 지켰는지는 여전히 알 수가 없다.
지키려던 것이 이순신 장군의 동상도,
세종대왕의 동상도 아닌 것만은 분명했다.

이 날 연행된 학생 중 한 학생의 아버지가
다음 날 유치장에서 성년을 맞은 아들의 페이스북에 남겼다는
축하와 위로의 메시지가 널리 알려지기도 했다.

"유치장에서 성년을 맞이한 나의 아들아!
여러 가지 평계로 분노하지 못하고 가만히 있으라는 말에 길들여진
어른들을 대신해
차가운 유치장에서 이틀을 보내는구나.
'권리 위에 잠자는 자 보호받지 못한다'고 가르쳤고,
주위 어려운 사람들과 함께하며 관심을 가지란 말에
너는 부끄럽지 않게 행동했다.
벌써 멋진 어른으로서 한 걸음을 잘 디딘 것 같아
자랑스럽게 생각한다.
잘 정제돼 훌륭한 언론인이 되거라.
갇힌다는 불편도 알았으니 내일 자유롭고 기쁘게 보자꾸나.
다시 한 번 성년을 맞이한 것을 축하한다."

밤 ㅣ 2014년 5월 18일, 광화문광장, 서울
새벽 ㅣ 2014년 5월 19일, 광화문광장, 서울
아침 ㅣ 2014년 5월 19일, 광화문광장, 서울
오전 ㅣ 2014년 5월 19일, 광화문광장, 서울

세월호 유가족들이 장례비를 아끼기 위해,

장례용품을 최하등급으로 사용한 사실이

병원 관계자에 의해 알려졌는데,

장례를 치른 고 장차웅 군의 아버지는,

"국민의 세금으로 장례를 치르는데 비싼 것을 쓸 수 있느냐"고 했다.

이와 별도로 정홍원 총리는 관계 부처에게

"무제한 지원하지는 말라"며,

보상금에서 장례비의 삭감을 지시한 것으로 알려졌다.

친구의 빈소를 찾은 아이들이 가족들의 보상금이 줄어들까

물 한모금도 안 마시고 가기도 한다는 소식이 전해졌다.

박근혜 대통령은 대국민 사과를 통해
"고심 끝에 해경을 해체하겠다"고 발표했다.
아주 오래 눈을 깜빡이지 않던 대통령은 눈물을 흘렸다.
김한길 새정치연합 대표는
"박대통령의 눈물에 국민들이 진정성을 느꼈을 것"이라며,
정부 여당에 최대한 협력하겠다고 다짐했다.

경기경찰청의 사복경찰이
유가족을 사찰하다 발각이 되었다.
청장 등 수뇌부가 눈물을 흘리며 사과했다.

019

남자가 울면서 지나간다

그렇게 사람들은 걷고 또 걸었다.
걸으며 울었고, 끌려가며 또 울었다.
울고 싶지 않아도 울었고,
울지 않기 위해 울었다.

이제야 그것이 우리의
추모 방식이었구나, 한다.

행진 | 2014년 5월 24일, 마포대교, 서울

아이 잃은 유가족들이 걸은 길을,

동료를 잃은 노동자들이 또 걸었다.

두 대오는 큰 길을 사이에 두고 만나기도 하였다.

하릴 없는 아이들이 어른들의 행진을 구경하였다.

노란 리본을 달고 경복궁 관람을 하려는 사람에게 신분증을 요구하

고, 청운효자동 일대를 지나는 학생들의 가방까지 뒤진다고 했다.

청해진해운의 실소유주인 유병언과

그 일가에 대한 수배령이 내려졌다.

현상금이 올라가고,

수배 전단이 골목마다 리본을 대신해서 붙었다.

시민 ㅣ 2014년 5월 24일, 서소문로, 서울

리본 ｜ 2014년 5월 24일, 서울광장, 서울

삼성 이건희 회장이 쓰러져
응급소생술을 했으나 의식을 찾지 못했다.
삼성전자서비스 비정규직 노동자 염호석이 자결했고,
생모가 시신을 넘겨달라고 호소했지만,
경찰이 시신을 빼돌려 아버지의 입회 아래 화장했다.
노조는 삼성의 사주가 있음이 분명하다며 항의했으나,
경찰은 캡사이신으로 대답했다.

상주 ㅣ 2014년 5월 24일, 서울광장, 서울

조광작 목사가 "가난한 집 애들은 불국사나 갈 것이지"라며
유가족들의 마음에 못을 박았다.

유가족들은 전국을 돌며 세월호 특별법을 위한
서명을 받기 시작했다.
서명을 받는 거리에서 사복경찰로 보이는 사내 두엇이
담배를 피우며 서성였다.

삐라 | 2014년 5월 24일, 서울광장, 서울

박근혜 정부 들어 행정안전부에서 안전행정부로
이름을 바꾸었던 부처는,
사고를 계기로 해경 해체와 더불어 안전 관련 업무를 일원화하며
행정자치부로 이름을 바꾸기로 했다.

그렇게 이름과 사람을 바꿔가며 아무 대책 없는 날들이 이어졌다.
책임을 지겠다며 총리가 사퇴를 표했고,
총리 후보 인선이 시작되었다.

골든타임 | 2014년 5월 24일, 종로, 서울

채증용 카메라 ｜ 2014년 5월 24일, 종로, 서울

지지부진한 사고수습과는 반대로,
추모집회와 항의하는 시민들에 대한 정부의 태도는 더욱
단호함을 더해 갔다.
고개 숙이고 함께 슬픔을 나누기도 했던
경찰의 고개가 점점 올라가더니
외눈박이 카메라로 변해서 국민들을 내려다봤다.

그저 내려다보는 것이 아니라
시민들의 얼굴을 가져갔다.

나는 길 가운데 우두커니 서 있다

남자가 울면서 자전거를 타고 지나간다

궁극적으로 넘어질 운명의 인간이다

현기증이 만발하는 머릿속 꿈 동산

이제 막 슬픔 없이 훌쩍 십오 초 정도가 지났다

어디로든 발걸음을 옮겨야 하겠으나

어디로든 끝간에는 사라지는 길이다

— 심보선, 〈슬픔이 없는 십오 초〉 부분

밀어 보고 ｜ 2014년 5월 24일, 종로, 서울

막아 보고 ｜ 2014년 5월 24일, 종로, 서울

#020
아이가 살던 집에
더 이상 살 수 없어

끌려갔다 풀려나온 사람들이 다시
'가만히 있으라' 피켓을 들고 침묵행진을 이어갈 때,
새누리당 정치인들은 빨간 잠바를 입고
'도와주세요'라는 피켓을 들었다.
"1초만 대한민국을 생각해달라"며 머리를 조아렸다.

그 조아린 얼굴들의 표정을 볼 수 없어서 무서웠다.
그 얼굴들이 웃고 있을 것 같아 끔찍했다.

누가 누굴 도와줘야 하는지, 누가 누굴 살렸어야 하는지
알 수 없는 날들이 계속 되었다.

서울 분향소 | 2014년 5월 31일, 서울광장, 서울

박근혜도 조사하라 | 2014년 5월 31일, 청계광장, 서울

아이가 살던 집에 더 이상 살 수 없어 이사를 준비한다는
아비의 목소리가 담담하여 아득했다.
바짝 마른 장작처럼 눈물이 소진한 사람들의 마음이
부석거리며 부서지는 소리가 들렸다.

대통령이 책임지라는 구호는
대통령을 구하라는 구호가 되어 돌아왔다.

서울시장 후보로 출마한 정몽준이
온 서울 시내에 현수막을 걸어
"경제는 정몽준이야!"라며 목소리를 높였다.

현대중공업에서는 안전 사고로 죽은
여덟 명 노동자의 분향소가 차려졌다.

노조 탄압에 항의하며 자살을 시도한
전주 버스노동자 진기승이 숨을 거두었다.

종편 뉴스에서는 높은 음색의 앵커가
"유병언과 측근통역사는 무슨 관계였습니까"라며 물었다.

어떤 절박함과 다른 절박함이 싸웠다.
어떤 절박함은 가난했고
어떤 절박함은 야비했다.

저항 ｜ 2014년 5월 31일, 청계광장, 서울
문제의 본질 ｜ 2014년 5월 31일, 청계광장, 서울

세월호 참사   가만히 두지 않겠습니다
문제는 청와대다
5월 31일 청와대 행진   모이자! '6.10 청와대 만인대회'

2014년 6월 4일.

세월호 정국 속에서 제6회 지방자치선거가 치러졌다.

광역단체장 선거에서는 야당이 앞섰으나,

기초단체장과 광역의원에서는 여당이 우세했다.

함께 치러진 교육감 선거에서

진보성향 교육감들이 대거 당선되었다.

보수교육감 후보 진영의 분열 속에 세월호 침몰로 인한 시민들의
분노가 학교와 학생의 안전을 책임지는 교육감 투표로 이어졌다
고들 했다.

ㄱㅋㅇ ㄷㅌㄴ ｜ 2014년 6월 15일, 광화문광장, 서울

3부

잊지 않는 법

2014년 6월 16일 – 2014년 11월 15일

강물의 본래 모습은 흐르는 것이지. 막혀 있는 것들은 썩는다. 댐에 갇힌 물처럼, 기억에 갇혀 버리면 유령이 되지. 기억도 흘러야 한다. (……) 강이 흐르는 이유가 뭔지 알아요. 선생님 어제보다 오늘을 더, 조금이라도 더 많이 사랑하기 때문에 강은 흐르는 거에요. 사람이 살아가는 것도 마찬가지겠죠. 어제보다 오늘을 조금이라도 더 사랑하지 않으면 흐를 필요가 없어요. 어제에 멈춰 서 버리면 그만이니까.

— 김선우, 〈물의 연인들〉 부분

#021
할 수 있는 게 이것밖에 없다

세월호 특별법을 둘러싼 정치권의 지지부진한 대응이 이어지자
유가족들이 국회에서 농성을 시작했다.
생존 학생과 그 부모들이 안산에서 국회까지 걷기 시작했다.
"할 수 있는 게 이것밖에 없다"며 울며 걸었다.

친구란, 그런 것이다.
할 수 있는 일을 하는 것,
그것이 그저 함께 울거나, 함께 걷는 일 뿐일 때
그것을 해 주는 사람.

친구.

친구 | 2014년 7월 16일, 구로, 서울

이틀을 걸어 서울에 도착한 생존 학생들을,

시민들은 울며 맞이했다.

박수를 치며 우는 일은,

흔하지 않았다.

응원 ┃ 2014년 7월 16일, 영등포, 서울

174

아이들은 일일이 시민들에게 꾸벅꾸벅 인사를 했다.

살아줘서 고맙다고 시민들이 울었고,

살아남은 게 죄가 된 아이들이 미안하다고 울었다.

응원 | 2014년 7월 16일, 영등포, 서울

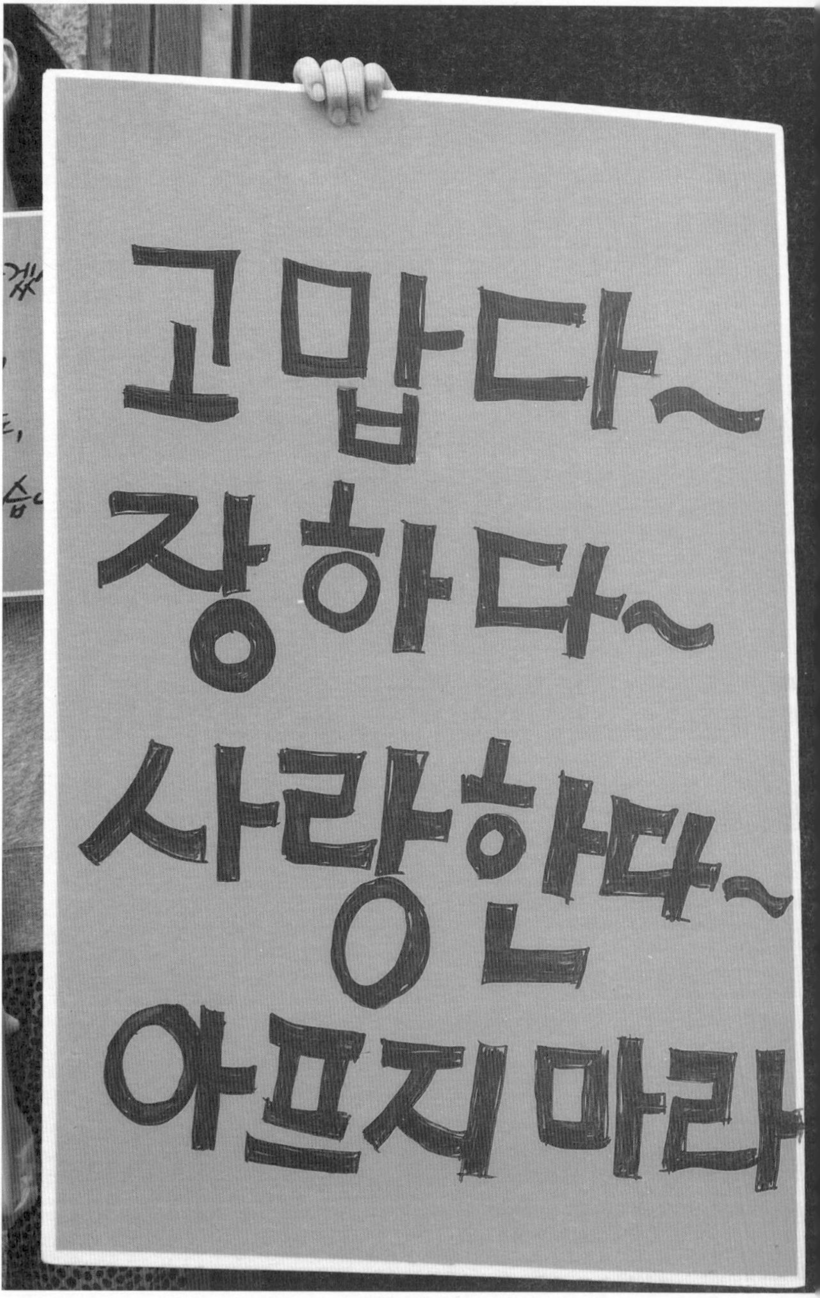
고맙다~
장하다~
사랑한다~
아프지마라

아프니까 청춘이라던,

허튼 위로보다

아프지 마라는 말 한 마디가 더 필요한 시절이었다.

아프지 마라는 말은

아프지 않게 해 주겠다는 약속을 포함한다.

보통은.

아프지 마라 ㅣ 2014년 7월 16일, 영등포, 서울

걷는 아이들보다

맞이하는 사람들이 더 울었다.

아직 덜 익은 마른 종아리를 가진 아이들이 겪었을 고통보다,

앞으로 평생 겪어야 할 아픔들이 더 클지도 모른다는 걸

살아낸 사람들은 알고 있기 때문이라는 생각을 했다.

산다는 건 아픔을 지우는 일이 아니라

견디는 일의 다른 이름이라는 것도.

행진 ㅣ 2014년 7월 16일, 영등포, 서울

아이들이 지하차도를 걸어 들어갈 때
하마터면 가지마, 하고 외칠 뻔 했다.
노란 우산이 햇빛은 막아줄지언정
어둠은 막아주지 못할 것 같았다.

긴 행진이었다.
긴 두려움이었다.
긴 시간이었다.

지하차도 | 2014년 7월 16일, 영등포, 서울

#022
함께 운다는 건
함께 산다는 뜻이다

소름이 끼칠 정도로 조용한 묵념이었다.
분노와는 다른 거대한 슬픔이
숙인 고개들에서 땀처럼 흘렀다.

슬픔은 강처럼 흘렀지만, 세월은 흐르지 않았다.

묵념 ｜ 2014년 7월 19일, 서울광장, 서울

무엇을 잊지 말아야 하는지 생각했다.
잊지 말아야 할 것은
그 날의 절망인가,
그 날의 슬픔인가,
그 날의 무력함인가.

잊지 말아 주세요 ┃ 2014년 7월 19일, 서울광장, 서울

참사 이후 대한민국에서 그 슬픔을 가장 정제하고

그 분노를 더 나은 대안으로 모색한 사람들이

막상 세월호 유가족 자신이라는 사실이

가장 고마우면서도 가장 불행한 일이라는 생각을 했다.

추모하기 위해 모인 사람들은 그저 묵묵히,

그 정제된 슬픔을 따랐다.

누군가를 다시 죽이기 위해서가 아니라,

살리기 위해서 싸우겠다던 사람들이었다.

구호 ┃ 2014년 7월 19일, 서울광장, 서울

185

참사 100일의 폭우 ㅣ 2014년 7월 19일, 서울광장, 서울

마른 장마라 했다.
어이없는 말이구나 했다.
기쁜 슬픔처럼.

백일이 지났고,
비가 왔다.

비를 맞았다.

함께 운다는 건 함께 산다는 뜻이다.
함께 젖는다는 건 함께 사랑한다는 뜻이다.

비닐 천막 ｜ 2014년 7월 19일, 광화문광장, 서울

#023
사랑하는 자는,
무릎이 꺾이는 자다.

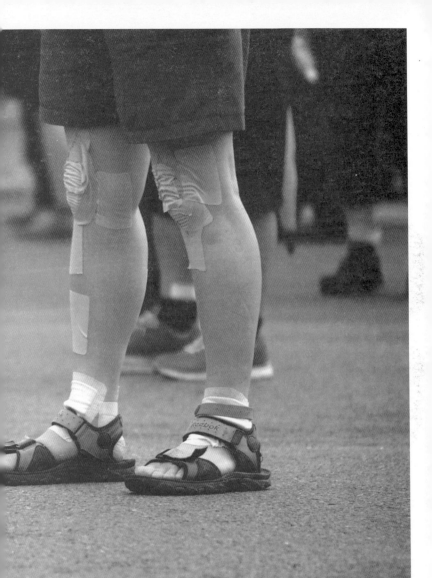

무릎 | 2014년 7월 24일, 서울광장, 서울

아프다는 것은 이겨내야 할 것이 아니라

지혜롭게 겪다, 보내야 하는 것이다.

그다음 새로워지는 것은 선물 같은 일.

그러나 누구도, 너무 많이는 아프지 않았으면 좋겠다.

(…)

사랑하는 사람이 아프면 심장이 쪼그라든다.

사랑하는 자는 무릎을 꿇는 자가 아니라, 무릎이 꺾이는 자다.

— 박연준, 〈소란〉 부분

아이가 사진기를 꺼내더니

영정이 빼곡한 노란 버스를 찍었다.

사진이 이어지듯, 기억은 이어질 것이다.

사진이 남듯, 기억은 남을 것이다.

그랬으면, 싶다.

이어져야 할 기억 ┃ 2014년 7월 24일, 서울역, 서울

야당 비대위원장의 발언을 듣고 있는 유가족들 ㅣ 2014년 7월 24일, 서울광장, 서울

여당과 싸우랬더니 집안 싸움에 바쁘고,
대통령을 설득하랬더니 유가족을 설득했다.
야당 중진의원들의 입법 로비에 대한 수사가
숨가쁘게 뉴스로 이어지고 있었다.

#024
무지개가 떴다

무지개 | .2014년 8월 2일. 광화문광장. 서울

세월호 실종자 구조작업을 지원하던 헬기가 광주에 추락했다.
기장 등 탑승한 소방대원 5명이 전원 사망했다.
사고를 목격한 시민들은
"조종사가 주택지구에서 참사를 막기 위해 끝까지 조종기를 놓지
않은 것 같았다"고 증언했다.

청해진해운의 실소유주 유병언의 시신이 발견되었다.
숱한 의혹에도 불구하고 국과수는 유전자 검사를 통해
유병언이 틀림없다고 했다.

2014년 7월 30일 전국 15개 지역에서 재보궐선거가 치러졌다.
여당 지도부는 세월호의 아이들이 그렇게 목놓아 외쳤을 말,
"살려주세요" 피켓을 들고 읍소를 했다.
왜 싸움은 늘 더 야비한 사람들이 이기는지
알 수 없다는 생각을 했다.

며칠 후 서울 하늘엔 선명한 무지개가 떴다.

#025

슬픔의 자격을 묻는 자들

김영오의 단식을 두고,
아비의 자격을 묻는 자들이 있었다.
슬픔의 자격을 묻는 자들의 자격을 따져 묻고 싶었지만,
그 끝간 데 없는 물음의 끝에는
아무 것도 남아 있지 않을 것이다.

긴 단식을 끝낸 후, 그의 둘째 아이가
아비의 야윈 몸과 마음을 위로했다.
아무도 딸의 자격을 묻지는 않았다.

한 아비와 시민들, 야당 지도부가 단식을 이어가는 동안,
광장의 한 켠에서는 통일부가 후원하는
'독도수호 문화제'가 열렸다.
남북통일예술인협회 주최라는 행사에서는
곡기 끊은 아비를 아랑곳 하지 않고
고운 한복 입은 춤판이 허드러졌고,
참가한 승려들이 태극기를 휘날리며
대한민국 만세, 통일 만세, 독도 만세를 외쳤다.

다른 광장의 한켠에서는,
단식에 동참하는 사람들이 수천을 넘었고,
삼천배를 이어가는 승려들의 무릎이 땅을 울렸다.

삼천배는 땅을 울리는 일이었다.
땅을 향하여 길고도 아픈 소원을 고하는 일이었다.
기어이, 전해질지는 알 수 없었다.
알 수 없기에 간절한 일이었다.

단식 ㅣ 2014년 8월 9일, 광화문광장, 서울

만세삼창 ｜ 2014년 8월 9일, 서울광장, 서울

삼천배 | 2014년 8월 9일, 서울광장, 서울

#026

야당은 여당을 설득하지 않고
유가족을 설득했다

수사권과 기소권을 포함하는 독립적인 특별법을 원했다.

세월호 참사의 근본적인 이유를 낱낱이 밝히려면,

어떤 성역도 존재하지 않아야 한다고 믿었다.

"대통령의 사라진 7시간까지 조사할 수 있는 특별법을 원한다"고

했다.

여당과 야당은 유가족과 협의도 없이,

심심하면 한 번씩 특별법 여야 합의를 이루어냈다.

그리고 누구에겐지 알 수 없는 사과를 거듭했다.

항의방문 ┃ 2014년 8월 9일, 여의도, 서울

여당은 유가족을 설득하지 않고 야당을 설득했다.
야당은 여당을 설득하지 않고 유가족을 설득했다.
비극은 마무리될 조짐이 보이지 않았다.
유가족들이 새정치민주연합 당사를 찾아가 항의했다.

돌아가신 두 전 대통령은, 묘한 미소를 머금고 있었다.
그것이 또 그리 슬펐다.

웃음 ┃ 2014년 8월 9일, 여의도, 서울

점거 ┃ 2014년 8월 9일, 여의도, 서울

027

손을 내어주는 일은
마음을 내어주는 일

교황 방한 준비 | 2014년 8월 13일, 청운효자동, 서울

교황 방한을 앞두고 광화문 일대의 가로를 정비했다.
나뭇가지를 치고, 경찰을 심었다.
비둘기의 숫자보다 경찰의 숫자가 많았다.

머물면 길도 집이어서,
세월호 유가족들은 신발을 벗어두고
청와대 앞에 자리를 지켰다.
언제건 만나러 오라는 대통령의 약속을 믿어서, 였다.
언제건 만나러 오라는 대통령의 약속을 믿지 못해서, 였다.

대통령은 보이지 않았고,
모기떼와 경찰들만이 유가족을 지켰다.

손을 내어주는 일은 몸을 내어주는 일이라고,
손을 허락하는 일은 마음을 허락하는 일이라고,
배웠다.

손이 필요할 때가 있다.
손이 아플 때가 있다.

신발 ㅣ 2014년 8월 13일, 청운효자동, 서울
손 ㅣ 2014년 8월 13일, 청운효자동, 서울

028

묵음과 굉음, 사이

어떤 종류의 일사분란함에서는
묘종의 카타르시스가 느껴지기도 한다.
초원을 건너는 누떼라든지, 먹이를 나르는 아마존의 개미라든지.

국가가 보여줄 수 있는 것은 과연
어떤 종류의 일사분란함이어야 하는가,
한참 생각했다.

지켜야 할 것들이 무엇인지 한참을 생각했다.
슬픔에 찬 국민들을 상대로.

그러다 경찰의 틈바구니에 빠져서
나오지 못하는 날들이 이어졌다.

수문장 교대식 ㅣ 2014년 8월 23일, 광화문, 서울

뒷모습 ㅣ 2014년 8월 23일, 광화문광장, 서울

저 뒷모습 너머에 슬픔에 찬 사람들이 있다.

청와대 앞에 고립되어 대통령을 기다리는 유가족을 만나러 가겠다는,

사람들이 있다. 아니, 있었다.

경찰은 사람들을 토끼처럼 몰았다.

갇힌 사람들은 토끼가 되었다.

묵음, 이라는 이름을 쓰는 이가 꽉 막힌 길 앞에서
부당한 출입통제에 대해 불호령을 내렸다.
그는 마침내 출입을 허락받았으나,
카메라를 든 나를 데리고 들어가려다 둘 다 쫓겨나고야 말았다.

그에게 굉음, 이라는 별명을 붙이기로 했다.

출입통제 ∣ 2014년 8월 23일, 경복궁역, 서울

아이들을 지켜주지 못한 국가는,

그 유가족들을 버스와 경찰병력을 총동원하여

추모하는 시민들로부터,

지켜주었다.

청운효자동 주민센터 ㅣ 2014년 8월 23일, 청운효자동, 서울

물론, 대통령도 지켜 주었다.

#029
대통령을 지켜라

출두 | 2014년 9월 1일, 서초동, 서울

대통령을 지키는 일은 다양했다.

대통령의 친인척이 연관된 살인사건에 대해

의문을 제기했다는 이유로 기소되어,

법정을 드나드는 사내들은 늘 그렇듯 유쾌해 보였다.

사내들에 대한 기소는 오히려,

그저 그런 풍문으로 그치고 말 일을

그저 그런 풍문이 아닌 것처럼 여겨지게 만드는 효과를 발휘했다.

재주라면, 재주다.

그렇게 몇 번의 계절이 오고 갔다.
봄꽃을 구경하러 간 아이들은
가을꽃이 피어도 돌아오지 않았고,
그렇게 몇 번의 달이 찼다가 기울었다.

그럼에도 세월은 흐르지 않고 제자리만 맴돌았다.

한가위 ㅣ 2014년 9월 8일, 광화문광장, 서울
보름달 ㅣ 2014년 9월 8일, 광화문광장, 서울

#030
세월을 거꾸로 돌리는 사람들

유가족이 자리를 지키는 광화문 네거리에는
구석구석 불신지옥을 외치는 선글래스 쓴 사내들이
세월을 거꾸로 돌리기에 여념이 없었다.
지옥이 존재한다면, 바로 여기
라고 외치고 싶은 날들이었다.

불신지옥 ㅣ 2014년 9월 27일, 광화문 네거리, 서울

쌀 시장 개방을 반대하며 절망한 농민들이 볏단을 태우던 날,
애국청년들은 '아듀! 세월호'를 염원하며
추모 리본이 담긴 깃발을 태웠다.
'서북청년단'을 재건한다는, 청년 아닌 늙은이들이
지면을 오르내리기 시작했다.
어떤 알 수 없는 아득함으로 내내 어지러웠다.

쌀 개방 반대 ㅣ 2014년 9월 27일, 서울광장 앞, 서울
아듀 세월호 ㅣ 2014년 9월 27일, 동아일보사 앞, 서울

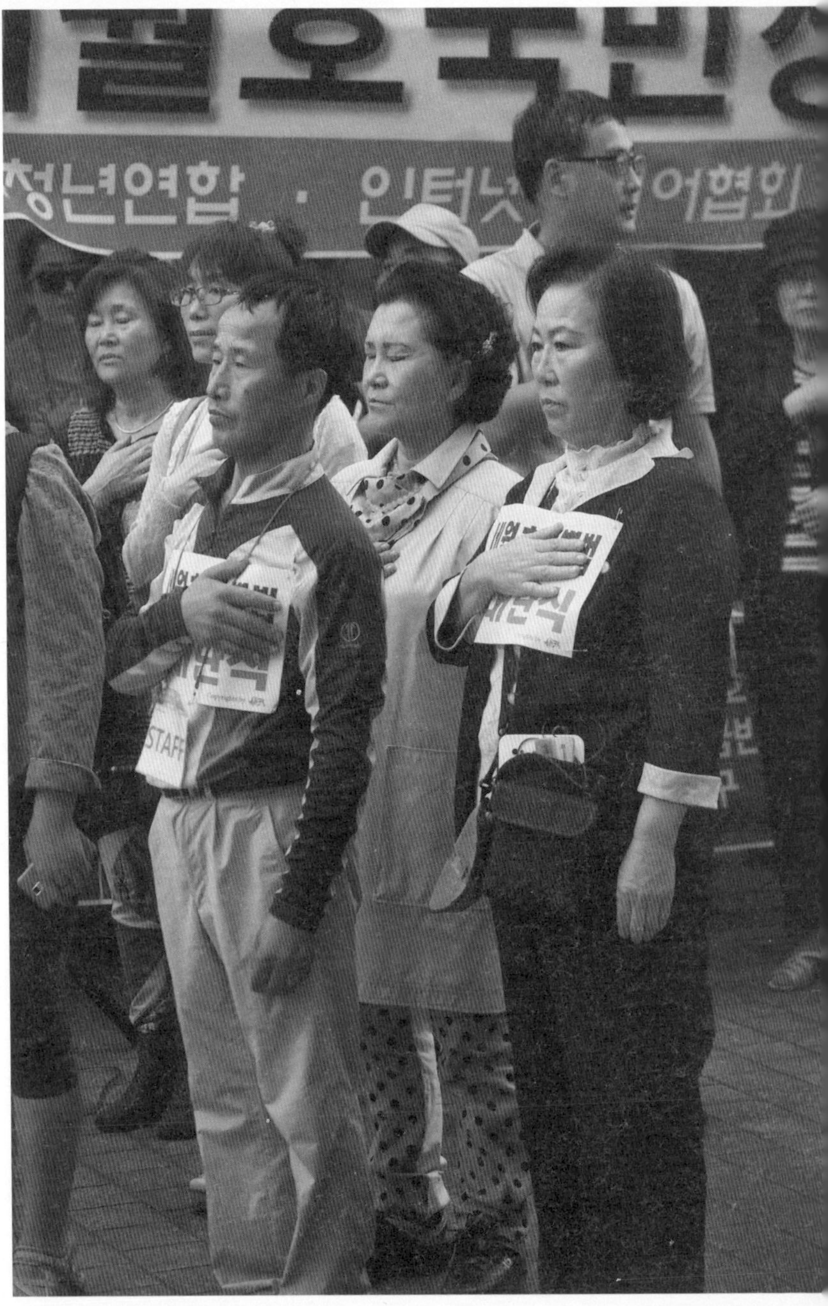
청년연합
STAFF

붉은 달이 한 번 사라졌다가 나타났다.
지구의 그림자가 집어삼킨 건 달이 아니라,
지구 스스로인지 모르겠다는 생각을 했다.

대리운전기사 폭행 등으로 세월호 유가족을 만신창이로 만든 다음,
'4.16 세월호 참사 진상규명 및 안전 사회 건설 등을 위한 특별법'
약칭 세월호특별법이 국회에서 통과되었다.

국민의례 | 2014년 9월 27일, 동아일보사 앞, 서울

월식 ｜ 2014년 10월 8일, 방신동, 서울

#031
그래도

유원지 | 2014년 11월 1일, 화랑유원지, 안산

세월호 참사 200일 가족 추모식이 열리던 안산 화랑유원지
자식을 잃은 어미가 자전거를 타던 추억을
편지로 낭독하는 소리가 바람에 흩어지고 있었다.

살아 돌아온 아이가
돌아오지 못한 친구의 부모를 위로했다.
아픈 사람이 아픈 사람을 돌보았다.

토닥토닥 ∣ 2014년 11월 1일, 화랑유원지, 안산

유족들은 숱하게 보았던 현수막을 들고
더 이상 광화문으로 행진하지 않고
조문소가 있는 시청 광장으로 돌아왔다.
200일 동안 달려온 이들 중 누군가는 일상으로 돌아갔고
또 누군가는 여전히 농성장에 남았다.

잊지 않을게 ㅣ 2014년 11월 1일, 을지로, 서울

청운효자동사무소 농성은,

2014년 11월 5일, 76일만에 해산했다.

끝내 박근혜 대통령은 만나지 못했다.

오래 가기 위하여 ㅣ 2014년 11월 1일, 광화문광장, 서울

2000일 ┃ 2014년 11월 11일, 서초동, 서울

2014년 11월 13일 대법원은 고법의 판결을 뒤집고
2000일을 싸운 쌍용차 해고자들에게,
"정리해고는 적법했다"는 판결을 내렸다.
스물 다섯 명 노동자의 목숨에 국가는 그렇게 대답했다.

돌이킬 수 없는 생채기가 남았다.

판결 이틀 전 대법원 앞에서 쌍용자동차의 해고노동자들은 그저,
"일하고 싶다"고 했다.

일하고 싶은 노동자를 일할 수 없게 만드는 국가는 과연,
어떤 자격으로 일하고 있는지 궁금했다.

회계조작을 통한 수천 명의
부당한 정리해고마저 '부당하지 않다'는 판결은,
그 어떤 정리해고도 허용한다는
잔인한 면죄부이자 살생부가 될 것이다.

세월호 참사 6개월 후, 정부는 노동자와 해고자들을
안개 가득한 차가운 바다로 밀어 넣었다.

저층부 개장 / 2014년 10월 20일. 잠실 서울

까마득한 높이에서 여전히 크레인이 바삐 움직이고 있는
롯데월드몰이, 안전과 관련한 여러 논란에도 불구하고
커다란 오리풍선을 앞세워 성대한 개장을 했다.

멈춰버린 세월

1993년 겨울, 대학신문 사진부에 들어가 사진을 찍었고 1996년에 그만둔 뒤로 집회 사진은 거의 찍지 않았다.

20년의 세월이 흐르고 다시 찾아온 겨울, 나는 한 학생이 붙인 대자보의 '안녕들 하십니까'라는 제목에 끌려 철도 파업 집회에 참가했고 곧이어 민주노총 사무실을 뗏장같은 경찰이 에워싸는 장면을 목도하게 되었다.

편집과 화질에서 눈부신 발전을 이룬 신문과 방송이 식후 한 잔의 커피와 함께 10분 정도 성토하고 끝맺기 좋게 조리한 뉴스를 내보내는 동안 SNS에서는, 서울역에서 부정선거를 규탄하던 남자가 분신을 했고 밀양에서 노인들이 몸을 쇠사슬로 묶었으며 진도 체육관에서 더딘 구조에 항의하던 실종자 가족들이 경찰에 둘러싸였다는 소식이 가감없이 올라오고 있었다. 슬픈 일이 더욱 슬픈 일에 밀려 안개 속으로 사라지고 있었다.

그럴 때마다 사람들은 자신에게 주어진 시간이 일부 또는 전부를 내어 거리에 모였고, 나는 그 모습을 디지털 카메라로 찍어 SNS에 올리기 시작했다. 핸드폰보다는 노이즈가 조금 덜한 사진을, 언론사 인터넷판 속보보다는 조금 더 빨리 사람들에게 보여줄 수 있었다. 진도와 밀양을 가보고 싶었지만 여의치 않았다. 그저 내가 살고 있는 서울 주변의 집회 사진을 틈틈이 트위터에 올리는 것만으로도 빠듯했다. 몸의 바쁨보다 마음의 힘겨움을 감당하기 어려웠다.

그렇게 한 해가 흘렀다. 1년 동안 찍은 여러 집회 사진을 정리하다 공통점을 하나 발견했는데 바로 어떤 것도 나아진 것이 없다는 것이다. 2014년의 가을은 2013년 가을과 전혀 다르지 않았고, 어쩌면 경찰관 근무복 색깔 빼고는 1993년의 모습과도 다르지 않은 것 같았다.

오래 전부터 쭉 그랬던 건지 잘 흘러가다 갑자기 퇴행한 건지는 몰라도, 확실히 세월은 멈춰 있었다. 이제 우리가 차츰 잊어 주기만 한다면 온전히 덧없는 세월로 침잠할 수 있으리라.

헛되고 부질없을 수 없기에 사진을 찍었다. 덜 아프고 싶었고 나아가고 싶었다.

2014년 11월 16일

좌린